978-2-850-61299-2

www.premierparallele.fr

ALEXIS JENNI

SUIVRE LAURELINE

PARUTION LE 2 OCTOBRE 2025

ÉPREUVES NON CORRIGÉES

Premier Parallèle

COLLECTION

LA VIE RÊVÉE DES PERSONNAGES

Nous sommes des êtres de fiction, écrivait Paul Veyne. Nous cheminons avec des amis, des rivaux ou des doubles qui existent sans exister.
La collection « La vie rêvée des personnages » propose de traverser le miroir. Des auteur·es y racontent la relation qu'ils entretiennent avec l'un de ces personnages, quel dialogue ils ont noué ensemble, quelle incidence il ou elle a eue sur leur vie. Il ne s'agit pas de commenter un récit, mais de raconter une expédition le long de la frontière de l'imaginaire. Et, ce faisant, de montrer comment les mondes s'entremêlent – en donnant envie, peut-être, d'aller à la rencontre d'une œuvre.

AGENTE DE L'ESPACE ET DU TEMPS

J'ai entretenu une longue relation avec une femme qui n'eut lieu que sur le papier. Je ne parle pas d'une correspondance amoureuse mais d'une femme dessinée, faite d'encre et d'aplats colorés, que je rencontrais dans un album de bande dessinée. Je lui dois beaucoup et je lui suis reconnaissant d'avoir existé au moment où mon corps, mon esprit et mon cœur maladroitement se construisaient. Apparition fragile, être de fiction, elle me paraissait alors plus vivante que les jeunes filles de chair que je croisais dans la cour du collège, dont je n'osais pas m'approcher, que je n'osais même pas regarder, ou seulement de loin, en prenant l'air de penser à autre chose, des fois qu'on me prenne à manifester de l'intérêt pour elles. Elle eut une place dans ma vie réelle ; c'est loin, tout ça, mais quand elle réapparaît je dis tout haut ma dette, je le dis pour rire même si je sais qu'au fond c'est très sérieux.

Elle était simplement un personnage inventé mais elle joua un rôle important dans la construction réelle de la femme que je souhaitais connaître, la femme idéale, comme on dit, au moins la femme désirée, aimée - aucun mot n'est le bon car ceci ne se résume pas en un mot, alors disons la femme qui me convient, la femme qui vient avec moi, celle dont j'aurais souhaité la compagnie, et qui maintenant, sous d'autres traits et sans le secours de la fiction, m'accompagne vraiment ; pour de vrai.

Je n'ai toujours pas dit son nom mais elle n'en a pas besoin puisqu'elle n'est qu'un dessin, une silhouette à l'encre et coloriée au pinceau. Si j'avais prononcé son nom, elle n'y aurait pas répondu, alors à quoi bon. Mais à cette époque de solitude j'envisageais de le murmurer le soir dans mon lit, pendant les longues fictions enfantines que je déroulais en cherchant le sommeil.

Laureline.

Je ne le faisais pas vraiment mais je le pensais très fort, comme si avec beaucoup d'énergie la rêverie pouvait devenir vraie. Je le croyais alors, je le crois encore maintenant, sous une forme plus reconnue puisque j'entreprends de raconter des histoires par écrit et d'en faire des livres, espérant que l'on croit ce que je raconte, au moins un peu, le temps de les lire.

De métier elle était agente spatio-temporelle, ce qui ne favorise pas les rencontres, le monde du Service spatio-temporel de Galaxity étant un petit milieu très fermé auquel je n'avais absolument pas accès. D'un autre côté, grâce à ce métier et à ses technologies associées, fumeuses mais efficaces, elle pouvait être partout et tout le temps, avant et après, ici et là ; elle pourrait me rejoindre plus tard, quand les poils auraient poussé sur mon corps, quand je n'aurais plus honte de ma peau lisse et nue sous laquelle ne se devinait aucun muscle, et que je ne cacherais plus par réflexe mes parties que je croyais honteuses dès que je craignais que l'on puisse les entrevoir. Dans les récits dessinés que je lisais on la disait venir de l'avenir, mais c'est du fond du passé qu'elle me rejoint aujourd'hui, puisqu'en écrivant ma dette je prends au sérieux sa contribution à ma construction. Elle était très compétente en son métier qui était de surgir partout pour dénouer ce qui entravait le cours du temps ; elle fut très importante pour moi car elle dénoua ce qui m'entravait, je ne le comprends que maintenant, et c'est en l'écrivant. Elle me permit de ne pas être tout à fait ce que j'aurais dû être.

DÉSIR IMPUBÈRE

Écrivant sur ce souvenir revenu, de pas très loin puisque toujours présent, j'entrepris de relire tous les albums où elle apparaissait dans leur ordre de parution, non pas que je les ai gardés mais je trouvais plusieurs tomes d'une réédition complète à la médiathèque municipale. Je ne l'avais jamais fait, les lire dans l'ordre, puisqu'à l'époque je les prenais au hasard dans les bacs à BD d'une autre bibliothèque municipale, ni les relire, car je ne les avais pas rouverts depuis plus de trente ans. Peut-être même quarante.

Sans jamais y être retourné depuis des décennies je ne gardais de Laureline que l'idée, à peine un fantôme mais toujours avec moi, car ceci ne se passe pas dans le souvenir circonstancié de lectures mais dans une imprégnation confuse lors de ma propre construction, en laquelle elle m'assistait.

Il ne me restait plus grand-chose des récits que j'avais tant aimés, seulement quelques images, et surtout des détails étrangement préservés, du genre de cette voix off dans une bulle : « De Glam, la planète forestière aux habitants jaloux de leur liberté… » Je me demande bien pourquoi je m'en souviens si ce n'est que quarante ans plus tard j'écrirais sur les arbres et les forêts, étrange boucle escherienne qui fait du passé une prophétie du présent et du présent une confirmation du passé. En relisant, je m'étonnais que de si petits détails soient ainsi restés intacts, sans qu'il subsiste de quoi les mettre en contexte, comme une ville romaine plusieurs fois détruite et maintenant réduite à quelques dalles commémoratives posées sur le sol, gravées de mots isolés, de phrases lapidaires, à partir desquels on reconstitue la vie qui eut lieu dans ce champ de ruines à peine visible, recouvert depuis longtemps de végétation et d'arbres centenaires – un simple monticule dans le paysage.

En lisant aujourd'hui, d'un œil déniaisé par tant de lectures et aussi par toute la vie écoulée depuis, je fus frappé par l'historicité évidente de ces albums, qu'à l'époque bien sûr je ne voyais pas puisqu'elle était en continuité avec ce que je vivais. Mais trente ou quarante ans après, je compris avec étonnement, alors qu'il n'y a rien d'étonnant à cela, que ces bandes dessinées, scénario et dessin, étaient parfaitement de leur époque. Laureline était une jeune femme des années 1960, entre Françoise Hardy et Barbarella ; elle portait de longues bottes à fond plat comme une héroïne de *Zip ! Shebam ! Pow ! Blop !Wizz !*, des bottes peu visibles car fondues dans l'ensemble métallisé de sa combinaison professionnelle, que Valérian son comparse revêtait aussi, sans être chaussé pareil. Quand on est agente spatio-temporelle, on l'est au féminin et on le montre par de discrets détails de sa tenue, compatible avec les photos de mode des magazines de l'époque.

À la relecture je lui trouvai une beauté des années 1960 : de grands yeux, une grande bouche, un corps souple de danseuse, la chevelure comme une flamme, toujours en mouvement. J'en garde un goût pour les chevelures denses et les gestes vifs. À l'époque où j'étais impubère, les femmes sexuées avaient ce style-là, agrandissaient leurs yeux, souriaient à pleine bouche, laissaient aller leurs cheveux sur leurs épaules, dansaient. Cette allure devint un idéal avant même que je comprenne le sens de « sexué ».

Mais voilà que je raconte une formation de soi qui date d'un demi-siècle comme si c'était hier... Je me rends brusquement compte que mon rapport à la beauté érotique s'est bâti sur un modèle vieux d'une cinquantaine d'années, ce qui est assez effrayant quant à ma propre obsolescence. Mais assez naturel au vu des mécanismes de la progressive construction de l'être humain, qui d'abord est enfant entouré d'adultes avant d'être adulte lui-même. L'être humain a toujours une génération de retard dans sa propre vie – c'est triste et délicieux, c'est le rapport naturel à l'épaisseur de temps dans laquelle notre silhouette est découpée, on fait du présent avec des couches successives de passé dont un certain nombre ne sont même pas les nôtres.

Il en reste une nostalgie qui passe pour la vérité, dont le symptôme est que l'on s'habille avec les vêtements de nos parents, en mieux, mais sans le sens qu'ils y mettaient. Celui-là s'est perdu car ils l'avaient eux-mêmes hérité. Un peu à l'image de cette série, *Mad Men,* où tout le monde est minutieusement habillé comme dans les pages du magazine *Vogue* qui paraissait à l'époque où se déroule la fiction, alors qu'aucune photo de rue ne prouve que l'on portait de telles tenues au quotidien : on rêve les gens habillés ainsi mais ils ne s'habillaient pas comme ça, ils se rêvaient ainsi et en remplissaient les magazines. Ce sont les rêves qui se transmettent en gardant l'air vrai alors que le vrai lui-même s'érode dans l'obsolescence programmée de la matière qui disparaît. Ce genre de décalage s'appelle la fiction, qui jongle avec les souvenirs, qui joue au bonneteau avec le réel. « Où est le réel ? Là ? Pas là ! Saurez-vous le retrouver ? C'est facile ! » Et puis non. On espère gagner, ça a l'air simple, et non : seul celui qui manipule les petits godets le peut, le bonneteau est un jeu de dupes où seul le narrateur gagne. On le sait mais on ne peut s'arrêter de rejouer.

Dans ce récit que je fais maintenant je visite un imaginaire qui est le mien mais connecté à celui du temps général, je vais voir l'arrière du bâtiment où je vis, dont la construction a duré des décennies, puisque du côté de la façade

– celle qui donne sur la rue de nos jours – je ne reconnais rien des gens qui passent, ni les femmes, ni les hommes ; je ne les fréquente plus guère, n'espérant plus rien d'eux, je ne comprends pas grand-chose au monde qui va. Par contre en regardant derrière je me vois prêt à avoir vingt ans dans les années 1980, habité de rêveries des années 1960, qui furent elles-mêmes espérées dans les années 1940. J'ai en moi toute la mémoire des temps passés comme une bibliothèque hautement inflammable, et hélas tout le monde s'en fout.

Tant pis. Qu'elle brûle.

Mon rôle en ce monde est d'en faire le récit.

COMME UN SOUPÇON

Un jour sans que rien ne l'annonce je me suis entendu dire que Laureline avait beaucoup contribué à l'idée de la femme idéale que je pouvais me faire, à l'époque où je ne savais pas très bien ce qu'était une femme, m'en faisant surtout des idées. Celle assise à côté de moi à ce moment-là en fut surprise, elle ne voyait vraiment pas pourquoi - mais de toute façon moi non plus.

Il y a comme une autonomie du langage qui parfois s'auto-allume, et dans l'enthousiasme se déroule une phrase lancée comme un serpentin de carnaval. De ce mécanisme on fait de la psychanalyse, de la littérature ou des gaffes, le langage jaillit tout seul et, comme on dit à la télévision en concluant le récit d'un drame, « l'enquête déterminera les responsabilités ».

Alors j'enquête. Je voudrais savoir pourquoi cette femme de papier me toucha tant, et pourquoi je ne l'ai jamais oubliée. Je voudrais savoir pourquoi j'aime la femme que j'aime – elles sont peu nombreuses, celles que j'aime, et par certaines façons toutes se ressemblent – et pourquoi en général j'aime les femmes, au-delà de ce que m'ordonnent peut-être la biologie, sûrement l'histoire collective et les conventions sociales, et finalement quelle est la part de mon propre chemin pour arriver là où je suis, heureux de ce choix inconscient car il me fait aimer celle que j'aime.

Je soupçonne qu'elle y est pour quelque chose, celle-ci qui existe à peine, seulement de papier, mais avec une mystérieuse obstination. Cette phrase que j'ai prononcée à haute voix et ensuite plusieurs fois répétée, c'est l'expression d'un soupçon.

Pourquoi ?

Et puis, comment ?

UNE INDÉCHIFFRABLE ANNONCIATION

La première fois que je vis une femme nue, véritablement nue et vraiment debout devant moi, c'était au siècle dernier. J'étais tout jeune, j'étais au collège, j'étais ignorant de tout mais hanté par l'existence de la bonne-femme-à-poil ; on le disait exactement comme ça, à mi-voix, dans un souffle avec un ricanement de gorge, on avait l'excuse de l'ignorance, de l'idiotie, de l'obéissance aveugle à la tradition, et de la croyance en l'existence de quelque chose, pas vraiment quelqu'un, qui déclencherait notre libido comme une clé de contact démarre un camion. On y croyait, et nous cherchions la clé à tâtons dans nos poches, comme le faisaient nos pères dans leurs pantalons cliquetants alourdis de pièces de monnaie, de clés, de portefeuilles, et de mouchoirs en tissu roulés en boule. Fouiller dans nos poches avec un bruit de ferraille nous paraissait le plus viril des gestes. Notre pantalon d'enfant n'était alors pas si lourd ni si bruyant.

La première fois que je vis une femme nue, ce fut avec mon père. Non qu'il m'emmenât au bordel – l'époque de ce genre d'initiation était passée –, mais par hasard je l'avais accompagné dans une communauté agricole, une ferme où de jeunes gens étaient venus vivre près de la terre. Ça ne dura pas mais il fut un temps où c'était courant. Il devait rencontrer quelqu'un, transmettre un message, nous prîmes des routes forestières zigzagantes et ce fut là, non pas une ferme mais un château délabré entouré de dépendances. La cour gravillonnée était envahie d'herbe, le crépi des murs tombait par plaques, le bâtiment des communs alignait sur deux étages des volets de bois ajourés, écaillés et de guingois. Nous sortîmes de la voiture, le château était silencieux, sans aucune trace d'activité, pas un véhicule garé, pas une chaise renversée, pas un chien endormi. Mon père appela dans le vide, il appela au hasard en marchant dans la cour, rôdant près des fenêtres fermées, n'osant frapper à l'énorme porte dont le bois épais n'aurait sans doute même pas résonné s'il avait tenté de toquer avec un doigt replié.

Puis à l'étage des volets furent repoussés et claquèrent contre le mur, et par la fenêtre ouverte apparut une femme entièrement nue, la première de toute ma vie – pas au même étage mais quand même là. Sa lourde chevelure frisée était son seul vêtement, ses seins arrondis reposaient paisiblement sur son torse, et au ras de l'appui de fenêtre je vis ce que je n'avais jamais vu, l'origine du monde, son épaisse toison pubienne triangulaire, toute bouclée.

« Qu'est-ce que vous voulez ? demanda-t-elle du ton revêche de quelqu'un dérangé dans son ménage et qui n'a pas que ça à faire.

– J'ai un message pour... », répondit mon père sans se démonter, de l'air tout-est-normal-continuons qu'il avait en toutes circonstances. J'ai oublié le nom qu'il donna, c'est de toute façon le détail sans importance de l'histoire.

La femme nue se retourna vers l'intérieur, appela ce même nom, et il apparut à son tour, nu lui aussi, sa toison pubienne frisant autour de sa verge pendante – la première que je voyais de toute ma vie puisque la mienne n'avait pas encore poussé, petit robinet pour faire pipi, je ne savais même pas qu'elle pousserait. Lui était un ami de mes parents, plus jeune qu'eux, je l'avais déjà vu habillé, c'était étrange cette tête connue sur un corps inattendu. Nous étions à trois heures de l'après-midi un jour d'été, ils devaient être au lit.

Mon père transmit son message, le jeune homme acquiesça, remercia, et ce fut tout. « Bon, eh bien, au revoir », dit la jeune femme en refermant la fenêtre. Nous repartîmes sans un mot.

J'avais vu une femme nue, debout devant moi, et le camion n'avait pas démarré. Au retour mon père conduisait en silence ; il n'était jamais bavard et en général cela m'allait, nous ne parlâmes donc de rien. J'appréhendais qu'il ricane, qu'il évoque la bonne-femme-à-poil un instant entrevue, qu'il fasse allusion à un effet un peu illégal qu'elle aurait eu sur moi, mais rien, ni allusion ni effet – il n'en fut jamais question, et je plongeai dans des gouffres de perplexité en essayant de comprendre ce que j'avais vu. Assis à l'arrière pendant qu'il conduisait sur les routes sinueuses de la forêt, je ressassais seul la scène, ne comprenant pas que ceci soit simplement cela. Il était étrange que les trois adultes de la rencontre trouvent tout normal dans la situation, et que pour moi cela n'ait produit aucun effet – et donc que pour moi aussi cela soit normal –, ce qui était d'autant plus étrange au vu de ce que racontaient les légendes qui circulaient chez les jeunes garçons impubères du collège sur la bonne-femme-à-poil.

Il y a des moments dans la vie où l'on voit bien que le monde, c'est pas ce qu'on en dit.

FAIRE AVEC CE QU'IL Y A EN BOUTIQUE

Depuis cette annonce qui n'annonçait rien puisqu'elle n'eut d'autre effet que de n'en avoir aucun – événement dont je ne me souviens que par la perplexité dans laquelle il me plongea –, depuis, donc, j'ai immensément aimé l'amour, sentimental comme physique, et je ne saisis toujours pas bien la différence. Le sentiment conçu dans l'esprit descend dans les membres, il envahit, il échauffe tout ce qu'il traverse et fait battre le cœur : c'est un événement physique. On peut aussi prendre l'ascenseur émotionnel à l'envers et imaginer que la chaleur qui fait bouillir les membres monte à la tête et fait penser à l'amour, car d'eux-mêmes les membres ne pensent pas, leur autonomie est une illusion ; le cœur bat, il ne fait que battre, et c'est déjà pas mal. L'amour est tout entier dans l'esprit et en même temps il parcourt la totalité du corps.

De cet amour de l'amour comme émotion physique toujours en mouvement, je vois mon héroïne en être l'origine, sans jamais m'en avoir rien montré d'explicite sur le papier. Tant mieux. Il ne s'agit pas là de pudeur ou de rejet vertueux de la pornographie mais d'un soin à garder l'émotion en mouvement, selon sa nature. Ce qui est un souci d'écrivain, de ne pas aspirer à l'expression définitive, à la formulation parfaite qui écraserait ce qui cherche à se dire, mais frôler toujours le lieu du désir, indéfiniment s'approcher, pour que le vivant soit dit tout en restant vivant.

Ce qui n'était pas facile, puisqu'à l'époque où l'idée d'amour se construisait en moi avant que l'amour soit vécu, tous les atours d'un masculinisme d'évidence étaient partout à disposition, et lorsqu'on était un garçon on ne voyait pas comment faire autrement ; on n'aurait pas non plus compris pourquoi on aurait fait autrement. Être un garçon signifiait trembler à l'idée de la bombe, désirer autant que redouter qu'apparaisse la femme sublime, et ensuite se conduire en conséquence : par saisie, pénétration et accession à la jouissance suprême qui serait de foutre – acte tellement suprême que le verbe « foutre » finit par avoir le sens de faire, quoi que ce soit. Il est le faire absolu.

C'était comme ça ; et je tremblais toujours en doublant les présentoirs tournants posés devant les bureaux de tabac où étaient exposés les romans policiers avec une touche salace, dont j'essayais de distinguer l'illustration de couverture toujours à moitié cachée, développant ainsi une capacité de lecture rapide puisqu'il me fallait parcourir tout l'étalage sans ralentir le pas ni tourner la tête, car ceci, tout à la fois la crainte de la bombe et mon intérêt pour elle, ne devait pas être su. Par qui ? Je n'en sais rien, une autorité quelconque, les adultes dont c'était le domaine réservé sans qu'ils n'en montrassent jamais rien – paradoxe terrorisant car ce qui était ainsi caché au point de sembler absent devait être bien terrible. Alors je ne ralentissais pas, confiant à la souplesse de mon regard le soin d'apercevoir en un éclair ce que je ne comprenais pas.

Les conversations de gamins au collège faisaient le reste de mon éducation. Le cinéma aussi, puisque je voyais des films montrant des femmes, toujours très belles, recrutées pour ça, l'écran de verre ou de toile comme une vitrine derrière laquelle se jouait la vie inaccessible.

Heureusement que j'ai rencontré Laureline, parce que s'il fallait compter sur le cinéma...

THÉORIE DE GILDA

À quoi sert la bombe, quand elle est lancée depuis Hollywood ?

Pendant l'été de 1945, sur une ville ensoleillée du Japon, apparut dans une fulgurance plus claire que mille soleils une nouvelle sorte de bombe, explosive mais aussi rayonnante, éjectant comme un fragment d'étoile des rayons toxiques qui traversaient les corps et les détruisaient, ne laissant d'eux que des ombres sur les murs écroulés – rien, l'ombre d'un souvenir.

Au début de 1946 surgit *Gilda*, la fille à crinière rousse sur un fourreau noir, dont la simple apparition, dans le film et dans la salle obscure, saisissait les hommes qui osaient lever les yeux sur elle. C'était le film de la bombe rayonnante, un film d'époque.

Pendant l'été de 1946, sur l'atoll isolé de Bikini, on essaya à nouveau des bombes de ce nouveau type qui tout à la fois explosaient et rayonnaient, et l'on vendit un nouveau maillot de bain, si petit et si fin qu'il tenait dans une boîte d'allumettes. On l'appela le « bikini », la bombe anatomique. L'Église s'en offusqua.

Le film intitulé *Gilda* était au départ sans scénario ; il s'agissait simplement de montrer Rita Hayworth, la bombe rayonnante sous contrat à la Columbia, et de mesurer par caméra sensible l'effet sur les corps masculins des rayonnements jouissifs et toxiques qu'elle produisait. « Il n'y a jamais eu une femme comme Gilda ! » clamait l'affiche, et le film s'affairait à le prouver par de longs plans centrés sur elle qui sublimaient son érotisme visuel.

Le film n'avait d'autre projet que de montrer la bombe, une vague trame de polar en était le prétexte, pour ceux qui essayaient de suivre ça racontait la constitution d'un monopole frauduleux du commerce d'un métal rare, le tungstène, métal dont tout le monde se fout car on ne sait pas à quoi il sert ; mais à l'écran le vrai métal rare, c'était Gilda, une barre de plutonium radioactif qui brillait dans l'obscurité, en noir et blanc sa chevelure rousse prenait la lueur laiteuse des clichés réalisés aux rayons X, ceux qui traversent la chair et dont il faut se protéger par un tablier de plomb. Les hommes tombaient, dans le film et dans la salle.

Les pages du scénario arrivaient chaque matin sur le tournage, il s'élaborait au fur et à mesure de l'avancement du film, multipliant les coups de théâtre improbables, les chevilles scénaristiques mal assemblées, mais tout le monde s'en foutait car tout le monde comprenait de quoi il s'agissait : simplement de Gilda, qui chante plusieurs fois *Put the blame on me*, avouant avoir provoqué le grand incendie de Chicago. Ça, en voyant le film, on y croyait.

On peut sourire du retournement scénaristique final, qui la fait aller à confesse auprès de l'homme qu'elle a finalement choisi d'épouser, et lui avouer qu'elle a inventé toutes les aventures adultères qu'elle évoquait avec une cruelle arrogance devant les hommes qui la courtisaient. On peut en sourire parce qu'on n'y croit pas, on ne veut pas croire à ses repentirs de cocotte rangée des voitures, car au fond ce qu'on est venu voir, ce qu'on regarde, ce dont on tremble, les acteurs comme les spectateurs, c'est qu'elle soit sexuellement toute-puissante, donc par essence adultérine. Le twist final n'est qu'une façon de revenir sur Terre, de se lever quand la salle se rallume et de sortir, pensif, ruminant que le cinéma est bien plus grand que la vie, et que la vie est quand même plus petite que le cinéma.

On peut disserter d'un air blasé sur les qualités d'actrice de Rita Hayworth, peu importe, elle n'est pas là pour ça. Elle est là pour être montrée, pour rayonner, pour pénétrer et détruire la chair des hommes par ce rayonnement. Elle est le sommet du *male gaze* hollywoodien, qui avec elle dura deux films, sinon elle enchaîna les navets.

Dès 1947 la statue de la déesse vacilla. Orson Welles avait épousé la bombe, et il mit en scène sa destruction dans *La Dame de Shanghai*. On a prétendu que c'était une vengeance contre une femme réelle, la sienne, dont il était en train de divorcer. Il nia. C'était plutôt un règlement de compte avec Gilda, cette autre qui n'existe pas, puisque la femme véritable s'appelait Margarita Carmen Cansino, connue sous le pseudonyme de Rita Hayworth – les masques successifs montrant bien que l'on est au carnaval hollywoodien, où rien n'est vrai, sauf le fantasme, et bien sûr le désir. À Gilda il coupa les cheveux, teignit ce qui restait en blond, la rendit antipathique et toxique, pauvrement machiavélique, et finit par la tuer dans un palais de miroirs brisés. Il fallait un grand cinéaste pour défaire ce que le grand cinéma avait créé, une représentation du désir induite par l'image, qui foudroie au premier regard, une gorgone à l'époque de la reproductibilité de l'œuvre d'art.

« Il est utile de se rappeler ce que le cinéma fut », écrit Laura Mulvey dans l'article qui fonda le *male gaze* comme concept. Souvenez-vous, c'était comme ça ; et c'est ça qui nous a formés.

CONTES DE LA SCOPOPHILIE ORDINAIRE

Car le spectateur de cinéma est scopophile ; toujours un peu. Il vient dans l'obscur de la salle pour jouir de voir, l'obscurité alentour lui fait croire être seul à voir ; il peut croire s'approcher infiniment et toucher, jouir enfin. Et finalement non. Le cinéma ne promet qu'une jouissance asymptotique, toujours presque atteinte, inépuisable. La femme de cinéma y est alors une figure de ce carnaval fétichiste qui se déploie sur l'écran plat, une illusion.

Le *male gaze* défini par Laura Mulvey est la théorisation de cette évidence : la jouissance proposée par le cinéma est celle de la contemplation de l'image des femmes, telle que les jeunes hommes sidérés et stupéfaits essaient de s'en approcher, la main tremblante, fascinés par un détail dont ils approcheront indéfiniment, croyant saisir par le regard, croyant toujours, mais le regard n'est pas une main. L'impuissance à saisir du spectateur est compensée, illusoirement, par l'immobilité de la star contemplée, qui a forme de femme. Je suis belle, ô mortel, comme un rêve de pierre.

Le cinéma peut se résumer à un échange de mauvais procédés, puissance contre impuissance, et vice versa, un jeu où tout le monde perdrait si l'on considérait que les protagonistes étaient des gens, mais ils n'en sont pas vraiment : ce sont des silhouettes sur l'écran et des ombres dans la salle, et l'on jouit.

L'homme scopophile, éternel puceau, tombe sidéré à l'apparition de la femme comme jeu de signes, hypnotisé par chacun d'eux lorsqu'ils se dispersent en battant des ailes comme un vol de pigeons vers lequel on marche ; il est éjaculateur précoce au moindre contact.

Laura Mulvey expose le paradoxe du cinéma classique, qui lui donne toute son inépuisable tension : la présence de la femme est indispensable au spectacle des films narratifs, et pourtant l'impact visuel de son apparition tend à empêcher le bon déroulement de l'histoire, à geler l'action en moments de contemplation érotique. Ce type de présence doit en conséquence être intégré à la narration. Donc Gilda, dont la seule apparition suffit à faire histoire.

Chevelure rousse et robe fourreau, elle enlève lentement ses gants de satin noir en s'accusant du grand incendie de Chicago – cette fascination pour les détails, cette rêverie fétichiste sur des fragments de corps détruit l'espace visuel perspectif inventé par la Renaissance, l'illusion de profondeur exigée par l'histoire. Cela confère alors à l'image une planéité, les propriétés d'une silhouette ou d'une icône, plutôt que les qualités d'un espace vraisemblable ; le cinéma hollywoodien classique est au fond comme un théâtre balinais, des ombres sur un drap pendant que le tonnerre du gamelan se déchaîne, gongs, cloches et casseroles diverses frappées avec enthousiasme.

Laura Mulvey poursuit son article érudit, elle en appelle à la psychanalyse puisque *Plaisir visuel et cinéma narratif* fut écrit en 1975, un temps où l'on n'hésitait pas à citer le Viennois

– et quand il s'agit de désir il est souvent pertinent.

« La femme comme icône, exposée au regard et au plaisir de l'homme, instance active du regard, menace toujours de rappeler l'angoisse à laquelle elle renvoyait originellement. L'inconscient masculin a deux voies d'échappatoire à cette peur de la castration : soit en essayant de reconstituer le trauma originel (en enquêtant sur la femme, en essayant d'en percer le mystère), qui sera contrebalancé par la dévaluation, la punition ou le sauvetage de l'objet coupable (c'est la voie typique choisie par les héros des films noirs) ; ou le déni total de la castration par la substitution d'un objet fétiche, ou détournement de la figure représentée elle-même en objet fétiche, de manière à la rendre plus rassurante que dangereuse. »

Si dans *Gilda* l'enquête prend fin avec le sauvetage de la pécheresse, au prix d'un retournement que l'on peut trouver cocasse, dans l'autre film, celui de la chute de l'icône, c'est un signe qui indique les retournements du récit : la cigarette fumée par une femme, fétiche hollywoodien. Le personnage masculin propose une cigarette à la dame de Shanghai, elle refuse en affirmant qu'elle n'a pas ce vice (ayant vécu dans le Shanghai des années 1940, cela suggère qu'elle en a beaucoup d'autres – à l'époque tout le monde comprend ça avec un délicieux frisson) et quand il la retrouve, il la voit sensuellement fumer. « Je m'y suis mise », dit-elle d'une voix rauque au moment où elle projette de le tuer. Et tout se termine à coups de revolver dans un palais de miroirs brisés, la femme dangereuse est supprimée.

L'HEUREUSE LÉGÈRETÉ DE LA PLUME

Dans notre monde surpeuplé de fictions, quasiment englouti par tout ce qui se déverse jour et nuit par les divers écrans personnels en permanence allumés, le personnage dessiné a un statut de réalité intermédiaire entre le personnage de roman et le personnage de cinéma. Celui-ci impose par la puissance de l'écran au spectateur figé et muet une incarnation hyperréaliste, même s'il y manque le poids, le contact et l'odeur, une incarnation purement visuelle qui fait que l'on hallucine le reste – un reste que l'on prêtera aux stars, qui sont les compléments nécessaires aux déceptions de l'écran, des manifestations sur Terre des personnages de fictions filmiques. Tandis que celui-là, personnage de roman, est constitué de pur langage ;il ne nécessite même pas de description physique, laissant à la puissance génératrice du verbe le soin de créer une illusion sans figure, faite seulement de rythmes et d'intensités – tourbillon d'images imprécises mais brillantes qui durent le temps du déroulement de la phrase, elle-même jaillissement de feu d'artifice, éphémère mais impressionnant directement l'âme.

Le personnage de bande dessinée est moins autoritaire que sa version filmée, il rend sa liberté au lecteur fasciné. Il ne fait que suggérer un corps grâce à la puissance évocatrice du dessin, qui ne trace pas tout, qui fait voir plus qu'il ne montre – c'est son principe. Ce corps ne bouge pas tout seul, il reste toujours immobile dans une case ; il faut tourner les pages soi-même et l'on franchit l'histoire de case en case comme on franchit un torrent en sautant d'une pierre à l'autre. On sent le flux, on n'y plonge pas, on s'arrête quand on veut.

Le personnage de bande dessinée est bien présent puisqu'on le lit, mais juste assez, il a bien un visage mais personne n'est maltraité pendant le tournage, il ne colle pas, ni à un acteur ni au lecteur, ni à aucune personne réelle parce qu'on n'oublie jamais que c'est de l'encre sur du papier. Il protège du malaise que peut provoquer la projection, au sens de l'identification, celle qui fait se masser les irradiés autour du tapis rouge avec un carnet d'autographes à la main ; il soulage parce qu'en lui on ne croit qu'un peu – pas assez pour l'intoxication mais assez pour y penser souvent.

L'adaptation au cinéma de la série de Mézières et Christin est une faute de goût, mais bon, Luc Besson. Aucune des femmes de ses films, dès le début, n'a quoi que ce soit à voir avec Laureline. Elles sont belles, elles ont toutes des lèvres sensuelles d'adolescente, mais de ces lèvres ne sort aucune parole. Elles sont muettes ou prisonnières, fébriles ou traumatisées, et quand elles sont fortes elles ne sont que destructrices, elles flinguent à tout va. Alors, pour une Laureline de caméra il choisit une actrice aux lèvres sensuelles, et pour le reste il s'en sort par le clin d'œil référentiel et l'ironie. Donc rien à voir avec l'univers des albums sinon le décor, mais le médium n'aide pas. Le dessin se fait avec une plume qui porte une goutte d'encre, le cinéma avec une lourde machine qui glisse sur des rails.

C'est léger, une bande dessinée, ce n'est que du dessin sur du papier, ça ne pèse pas. Les adaptations au cinéma sont en général catastrophiquement lourdes. Et si elles contiennent des violences, simples bourre-pifs, bagarres générales ou batailles rangées, leur passage à l'écran peut créer un malaise tant la mise au pas de la légèreté du dessin par l'impératif industriel et réaliste de la caméra est par essence sadique. On peut s'esclaffer, ricaner comme la salle qui rit devant les cruelles horreurs des films de Tarantino, mais c'est pour s'en protéger. Le cinéma enregistre une violence qui passe pour réelle, alors que plume et pinceau caressent – rien n'y blesse.

LE DOUX PINCEAU DE MONSIEUR VAN RIJN, APPELÉ FAMILIÈREMENT DE SON PRÉNOM : REMBRANDT

La légèreté des moyens techniques du dessin n'empêche pas la difficulté de les mettre en œuvre. Le Louvre le démontre par la peinture, par deux femmes dans la même pièce qui ne se regardent jamais car elles n'auraient rien à se dire. Elles sont pourtant la même femme – même prénom, même histoire, même nudité essentielle à l'histoire –, mais non, rien à voir.

Ce sont deux regards très différents qui les ont fait naître, donc elles ne se ressemblent pas.

Elle dont je parle, c'est *Bethsabée au bain*, sur deux tableaux peints la même année de l'âge d'or de la peinture hollandaise, 1654.

L'une comme l'autre reçoit une lettre du roi David, qui la convoque. Il l'a aperçue au bain, nue et alanguie dans l'eau tiède, et scopophile comme un homme mais sans goût pour l'asymptote du désir, il la convoque pour la posséder. Il est le roi, il ordonne, qu'elle vienne sans tarder.

L'un des deux tableaux est de Willem Drost, jeune homme d'alors vingt et un ans. Sa Bethsabée est parfaite comme une photo de charme : l'incarnat de sa peau est sans défaut, les seins en apesanteur, le déshabillé évocateur en équilibre instable, et le regard, oh le regard !, la paupière lourde, l'œil entrouvert, désabusé et sensuel. Elle ressemble à un prompt d'IA, une description désincarnée car la chair gêne, trop organique, trop lourde et rétive. Avec professionnalisme, sa convocation à la main, la Bethsabée de Drost va au rendez-vous ; elle pourrait être une autre, son nom est légion, elles pullulent dans les agences de mannequins, dans les castings de photo, dans les stands des salons de l'auto, et maintenant, quand on demande à l'intelligence artificielle de dessiner une jolie femme qui éveille le désir au premier regard, elle produit ça.

Il avait vingt et un ans, le petit Willem ; il était l'élève le plus doué de Rembrandt, peignant pour lui des scènes historiques et bibliques, participant à certains des tableaux du maître, qui déléguait à sa main habile des détails ou des parties dont il se foutait un peu, et que l'élève exécutait parfaitement.

L'autre Bethsabée est justement de la main du maître, Rembrandt van Rijn, entièrement, et l'on y voit les coups de pinceau, les gestes de la main, indiscernables chez Drost, qui peint avec la main invisible de la perfection. Chez la Bethsabée de Rembrandt, les imperfections sont partout, ventre, cuisses, poitrine... Rien ne passerait un casting de mannequins, les mains seraient recalées à un examen des Beaux-Arts, mais pas un instant on pense mettre ces imperfections sur le compte de la maladresse ou de l'erreur, elles sont sans importance dans la vitalité de l'ensemble, la vitalité d'une femme réelle observée pour ce qu'elle est.

Rembrandt approchait la cinquantaine, il peignait celle qui était sa compagne, enceinte de leur fille qui naîtra quelques mois plus tard. Il connaissait cette femme, il connaissait chaque détail de son corps, toute l'étendue de sa peau, sa main qui tenait le pinceau l'avait longuement caressée, et du tableau qu'il réalisa de cette main savante et mémorieuse se dégage une puissante humanité, une sensualité de personne réelle qui fait qu'on ne perçoit pas les erreurs anatomiques puisqu'elles n'en sont pas. On ne se lasse pas de la regarder, cette réalité, elle existe. C'est à cette Bethsabée que l'on voudrait écrire, mais pas une convocation, quelque chose de beaucoup plus doux.

L'élève Drost est brillant mais à vingt et un ans il ne comprend pas ça, il feuillette des revues de charme le rouge au front. Il ignore encore que la perfection qu'il sait habilement mettre en œuvre ennuie car elle n'est que conformité. L'imperfection dont on culpabilise assure que l'on est dans le monde réel ; l'émerveillement, le désir et l'amour peuvent commencer d'avoir lieu. Le corps imparfait est le seul dont on puisse être amoureux. Sinon, ce n'est qu'une statue de pierre – et qui pourrait aimer une statue ? Nous aimons les vivants.

À l'époque où je grandissais tout concourait à ce que je sois Drost s'il n'y avait eu l'heureuse rencontre avec une femme de papier qui me rapprocha de la douceur attentive de Rembrandt. Je ne le savais pas, tout ça, je le devinais sans doute, c'est seulement maintenant que j'attribue ma silencieuse passion pour Laureline, l'héroïne rétive, à ce que l'on voudrait qu'elle soit. Je parle d'un temps où je n'avais pas fait le lien entre mon sexe (petit), le plaisir (vaguement imaginé) et le corps féminin (vu de loin avec perplexité). J'avais un grand désir d'amour sans savoir ce que c'était.

Un baiser sur la joue, c'est tout

Mon premier baiser fut une bise. Les deux mots se ressemblent mais renvoient à des gestes dont la portée est fort différente – pourtant pour moi ce jour-là l'effet en fut le même.

À la rentrée au collège qui eut lieu un mardi, la cousine d'un copain que j'avais croisée chez lui pendant l'été me salua, s'approcha, et tout naturellement pour elle me fit cette bise dont je parle. J'enchaînai les gestes en miroir sans oser croire à mon bonheur, mon cœur battait si fort que mon sang aurait pu m'en jaillir par les oreilles en deux geysers horizontaux, j'en eus la vue tout obscurcie. Nous échangeâmes trois mots de collégiens, puis la rentrée reprit son cours : formulaires, manuels de maths et d'histoire-géo, assurances scolaires, emploi du temps. Et ce fut mardi soir. Les cours ne commençaient que le jeudi, et tout le mercredi chez moi mon cœur étendu aux dimensions de tout mon corps continua de battre comme il n'avait jamais battu. Des lèvres avaient effleuré mes joues, c'en était trop pour ma faible constitution.

J'étais une fragile lanterne en papier de soie, et une fille avait posé ses lèvres sur le léger voile translucide derrière lequel palpitait la flamme haletante d'une petite bougie. Le papier sensible en gardait la trace, immortalisant cette bise que je revoyais en boucle sous forme de baiser.

J'attendis pantelant dans ma chambre le début des cours, étendu sur le dos et ma poitrine affolée, j'imaginais tout, c'est-à-dire rien de précis puisque je ne savais rien. Ce fut quand même la rentrée des classes la plus érotique de toute mon existence, le mercredi le plus vide d'activités et le plus rempli d'émotions de toute ma scolarité ; je bénissais la mixité des collèges. Le jeudi bien entendu il ne se passa rien de plus qu'au bordel de *L'Éducation sentimentale,* quand les impétrants sautent par la fenêtre avant même d'entrevoir le Graal électrique – et ils trouvent que c'est ce qu'ils ont eu de meilleur.

Toute l'année qui suivit, il ne se passa rien non plus dans l'ordre du réel – pour ça, il faudra attendre un moment. Je découvris dans les bacs à BD de la bibliothèque municipale les aventures de Laureline, une série qui s'appelait encore *Valérian, agent spatio-temporel* – de la même façon qu'on appelait alors les deux membres d'un couple marié par les nom et prénom du monsieur, selon cette très étrange formule administrative : « Madame Marcel Dupont », qui pouvait alors être prononcée ou écrite sans aucun sourire narquois. Tant mieux finalement, je n'aurais jamais ouvert un livre d'aventures de filles qui aurait été pour filles. Il est heureux que la fille soit venue en passagère clandestine d'une aventure de garçon, ce que d'habitude je lisais. Vu ma sensibilité exacerbée à ceci que je ne connaissais pas, il fallait y aller progressivement.

Le premier album que j'ouvris fut *L'Empire des mille planètes*. J'y fus irrésistiblement attiré par la couverture baroque, presque du Druillet, bien loin d'*Astérix* ou de *Tintin*, la regardant plusieurs fois avant d'oser y porter la main, la somptueuse robe flottante du personnage féminin encore inconnu étant sans doute l'appât qui déclencha mes gestes, avant que je comprenne qu'il s'agissait d'appas – homophonie traîtreuse des deux mots qui me harponna solidement. J'appréhendais de manifester mon désir publiquement ; j'apprenais quelque chose des femmes mais c'était à pas comptés.

Celui-ci était le troisième tome d'une série dont j'ignorais jusqu'alors l'existence, et elle prenait enfin sa dimension et sa voix propres, dans la tradition française d'une science-fiction poétique à la Stefan Wul – un genre qui se moque bien de la cohérence scientifique, d'où ce nom de « merveilleux scientifique » qu'on lui donnait autour de 1900. On y a des vaisseaux spatiaux pour le goût du voyage mais ils circulent sans toutes ces bêtes contraintes de la réalité physique ;ils permettent de voyager sans chichis et l'on y entrevoit des êtres et des mondes.

Surtout, dans ce troisième tome, Laureline embrasse Valérian, une fois sur la joue pour le remercier d'un cadeau, et il en est tout ému.

Moi aussi. Quelques pages plus loin elle lui saute au cou et l'embrasse sur la bouche mais on ne le voit pas, on le devine : elle est de dos et son abondante chevelure soulevée d'élan dissimule tout. C'est exactement ce que signifie la chevelure abondante dans l'iconographie de l'Occident chrétien habité du souvenir de Madeleine : la chevelure a l'air de cacher mais elle est abondante, si sensuellement agitée qu'elle exhibe. La dissimulation par une cascade de cheveux est l'emblème même du baiser amoureux.

« J'ai froid, serre-moi », dit-elle plus tard quand ils furent pris dans une banquise spatiale brutalement apparue. Et ils marchent ensemble enlacés comme deux amants qui rentrent chez eux par une nuit d'hiver, alors qu'ils n'étaient au départ que deux collègues d'un service bureaucratique, spatial mais administratif. Comme deux camarades de classe qui enfin s'embrassent à l'intercours dans le couloir, j'avais à l'échelle galactique une représentation de ma situation de collégien.

Cette demande explicite qu'elle lui fait me troubla infiniment, et quand adulte au cœur buriné je relus cette case je me souvins aussitôt de ce trouble très doux. Ces deux silhouettes serrées l'une contre l'autre qui s'éloignent lentement dans un paysage de glace m'avaient paru l'image la plus intense que je pouvais concevoir alors de la relation amoureuse. Je le sais maintenant mais je l'avais alors immédiatement perçu sans rien en savoir ; l'émotion en est toujours là puisqu'elle revint d'un coup, comme une bulle du fond d'un étang qui trahit par son éclatement à la surface toute la vie qui se poursuit à l'insu de tous dans l'eau noire dont on ignore la profondeur, et le grouillement.

On peut en sourire. D'un sourire attendri.

L'AVENTURE, LA VRAIE, OU PRESQUE

C'est impalpable, une fiction, et obsédant, il ne faut surtout pas croire que ce n'est pas vrai. La fiction n'est pas tant une invention que l'art universel de raconter, elle est une mise en ordre de ce qui ne serait sinon qu'un chaos, un nœud de digressions, un tas. Il est étrange que le plus solide en notre âme – puisque c'est ce qui dure et ce que l'on transmet – n'ait pas d'autre consistance qu'un principe de rangement. La fiction est un impalpable qui dure longtemps, elle est le squelette de notre psychisme.

Il n'y a pas de fiction ridicule, pas de fiction sérieuse, elles sont toutes pareilles, toutes essentielles, elles ne sont rien sinon un souffle de narration qui nous tient ensemble, nos organes, notre peau, nos os, tous les morceaux de nous-mêmes en vrac dont nous sommes constitués, dont on pourrait faire le schéma, ou le plan, comme on fait celui du bovin affiché au mur de la boucherie : schéma de découpe. Et ce qui les lie pour qu'ils ne s'effondrent pas en tas de viandes promises à la dévoration, ce ne sont que des mots en un certain ordre arrangés, qui font apparaître des figures humaines, des figures de personnages, des figures de héros finalement, et après beaucoup de tâtonnements une figure de soi.

Dans une vie il est un moment kitsch que l'on peut appeler « enfance tardive », comme il y a un Moyen Âge tardif avec son kitsch de dentelles de pierre, clochetons et souliers à la poulaine, ou une Antiquité tardive avec son kitsch de raffinements hellénistiques et de gnoses inutilement compliquées. Dans chaque cas, c'est le moment confus où ce qui a été atteint en fin de course est un paroxysme de perfectionnement, jusqu'à en perdre le sens qui lui a donné naissance ; mais, enivré de ce qui paraît un aboutissement, on ne le sait pas. Agit déjà ce qui viendra après et que l'on ne connaît pas encore, tout heureux de ce que l'on a sans se rendre compte que cela ne marche déjà plus.

En cette enfance tardive j'habitais une maison isolée dont le chemin pour y parvenir s'enfonçait ensuite dans les bois. J'y allais souvent seul avec le gros chien de la famille, et le soir en m'endormant – on me couchait trop tôt, j'avais le temps – je rêvassais. Dans ces rêveries hallucinatoires j'utilisais mon seul superpouvoir d'alors qui était de connaître les chemins de la forêt, j'imaginais avec beaucoup de réalisme que Catherine et Caroline, les deux jolies filles de la classe, s'y étaient perdues, ou avaient été enlevées ; je les retrouvais et je les guidais pour en sortir, je les sauvais. Elles me remerciaient d'un chaste baiser sur la joue, elles me regardaient enfin, me parlaient, je les ramenais au collège, très sûr de moi mais un peu triste que cela prenne fin. J'avais en m'endormant des scénarios érotiques de *Club des cinq*, mais je les rejouais encore et encore, ils m'envahissaient d'un plaisir beaucoup trop intense pour être contenus dans la Bibliothèque verte.

Leur répétition montrait – ou plutôt montre, puisqu'à l'époque je n'en soupçonnais rien – qu'il y avait là quelque chose qui excédait ce que je pouvais lire dans ces petits romans pour enfants en accès libre. Cette collection avait la couleur du passage autorisé, je soupçonnais qu'il puisse y avoir des scénarios qui ne pouvaient y tenir, mais je ne savais pas où.

CETTE FOIS,
SE PENCHER PAR LA FENÊTRE

À vingt ans je ne connaissais rien du monde ; a posteriori ma naïveté me désole, voire m'effraie un peu. J'avais quitté la petite ville entourée de montagnes enforestées où j'avais grandi, évoluant dans un petit cercle à l'échelle de ce petit monde difficile à trouver sur la carte, pour suivre des études dans la grande ville où je ne connaissais personne, ni les lieux ni les usages.

Là, j'allais au cinéma, beaucoup. Plusieurs fois par semaine, seul, suivant des cycles par auteurs proposés par de petites salles dites

« d'art et d'essai » placées sur le chemin qui reliait l'université à ma chambre de cité U, à l'autre bout de la ville. Le bus qu'il fallait prendre était si bondé aux heures de sortie des cours que je préférais m'arrêter dans l'une de ces salles, voir un film, pour repartir deux heures plus tard dans un bus à moitié vide.

Soir après soir je m'abreuvais de fictions ; ça forme. Et pas qu'une culture cinéphilique.

Plus tard, quand j'eus reconnu que le cinéma avait été un pilier de ma vie, j'entendis dans un documentaire Melvin Van Peebles affirmer : « Le cinéma est une fenêtre ouverte sur l'âge adulte, on y apprend comment embrasser une femme, comment assommer quelqu'un, comment tenir un pistolet... » Cette déclaration dont je suis incapable de retrouver ni la source ni la formulation exacte m'avait saisi, j'eus l'impression en un éclair de comprendre quelque chose de mon amour des salles obscures, même si la fin me laisse songeur, n'ayant jamais eu un pistolet entre les mains ni même en avoir vu un de près – mais un homme noir de Chicago ayant eu vingt ans dans les années 1950 a sûrement mené une autre vie que moi. Le principe général reste valide.

Découvrir et observer l'âge adulte en se penchant par la fenêtre ouverte : les fictions ont ce rôle et cet effet. En permettant de vivre plusieurs vies sans chaque fois en mourir elles donnent l'occasion d'accumuler autant d'expérience que si l'on avait mille ans. Ce qui n'empêche pas de vivre, bien au contraire, les expériences fictives forment mais ne pèsent pas. Dans la mémoire surchargée les fictions vivent entre elles, se croisent, s'allient, se fécondent, évoluent, et ce que nous sommes est finalement cet ensemble ; nous sommes l'écosystème des fictions, l'âme individuelle est une biosphère fictionnelle.

OBSESSION DES DÉTAILS

Quand j'eus vingt et un ans, ce qui fut pendant toute mon enfance l'âge prévu de la majorité légale, donc une borne lointaine mais assurée des frontières de l'âge adulte – même si elle fut ramenée à dix-huit entretemps (la symbolique, c'est compliqué)–, j'entamai une relation amoureuse avec une femme qui portait la moitié du prénom de mon héroïne de papier, et de longs cheveux roux. Non pas les fins filaments de cuivre qui auréolent d'une lueur électrique les jeunes filles diaphanes aux yeux de jade transparent, mais une lourde chevelure d'acajou lisse, comme les colonnes de bois ciré qui ornaient les vieux meubles chez mes grands-parents – et chez mes parents, qui en avaient acheté en s'installant en famille. Les familles ont de vieux meubles qui les ancrent dans le temps, c'est à ça qu'on le reconnaît. Cette chevelure, je la voyais luire dans l'obscurité comme ces meubles longuement massés à la cire.

Ces deux détails m'aimantaient sans qu'elle n'en ait jamais rien su, et sans que j'en sois moi-même clairement conscient. Ils luisaient dans l'obscurité encore trouble de mes émois à peine adultes, et ils agissaient bien plus que je ne pouvais le savoir puisqu'ils revenaient toujours quand j'avais des rêveries amoureuses ou érotiques – pas de différence : manières de m'approcher d'elle quand elle n'était pas là. Son prénom et sa chevelure rousse, en écrire le mot me paraissait intense, doté d'une charge émotionnelle explosive que j'étais le seul à percevoir, le seul à désirer.

Car j'écrivais. Sans résultats bien tangibles mais le geste était là, indiscutable ; il n'en ressortait que des lettres un peu pompeuses qui se voulaient enflammées, des romans inachevés aussitôt commencés, des textes hétéroclites qui ambitionnaient de devenir nouvelles, des exercices de narcissisme dont je n'ai pas à être fier, mais au moins il s'agissait d'un élan, qui se poursuit toujours et dont j'espère que les résultats se sont améliorés. Dans ces écrits les longs cheveux roux torsadés comme des colonnes de bois ciré revenaient comme un leitmotiv amoureux, érotique – les deux en même temps, l'esprit agitant le corps et le corps propulsant l'esprit. L'agente spatio-temporelle était là, dans l'ombre de ma méconnaissance de moi-même, immobile et toujours présente comme un fleuve qui s'écoule sous les fenêtres, que l'on n'entend pas mais qui est toujours là, impossible à oublier, impossible à connaître.

DÉSIRER, JOUIR, FRANCHIR PEUT-ÊTRE...

De genre masculin, le mot se dit avec une ironie méprisante ; un peu injurieux il fait partie de l'arsenal des moqueries, bien que tout le monde l'ait été et qu'il constitue un état fondamental de la condition mâle : le « puceau » est celui qui n'a jamais connu de femme, « connu » dans absolument tous les sens du terme. Comme il ne connaît pas, il s'imagine des trucs. Le dépucelage du mâle est le passage de l'imaginaire au réel, qui n'a pas lieu pour tous, certains même après le réel restant soigneusement à l'abri dans l'imaginaire – frustrant mais que l'on peut maîtriser.

Cela eut lieu, après l'avoir désiré et fabulé intérieurement. J'imaginais que pénétrer une femme serait a minima mettre ma bite dans une prise électrique. « L'homme met sa verge dans le vagin, et ils ressentent alors un grand plaisir qu'on appelle plaisir sexuel, les spermatozoïdes rejoignent l'ovule », était-il écrit dans le livre d'éducation sexuelle pour enfants – un volume différent à chaque étape, pour chacun des âges – que l'on m'avait mis dans les mains sans rien me dire de plus, débrouille-toi avec ça.

Dans la phrase pédagogique qui pensait faire le tour du problème, le passage de la description gymnique de l'acte – des plus sommaires – au plaisir ressenti – mystérieux – était tout simplement éludé, et cela m'apparaissait comme un saut quantique tout à fait incompréhensible. Quelque chose de particulier devait avoir lieu, qui m'échappait, et qu'on ne m'avait pas révélé. J'avais sans doute perdu une page du mode d'emploi, mais j'avais beau feuilleter encore et encore, ce n'était dit nulle part. Cela faisait de l'effet, indubitablement ; mais comment ? Prise électrique. Ce qui aurait expliqué à la fois l'attirance, que je voyais générale, et l'interdit, répandu partout : un acte dangereux.

Quand cela eut lieu, je fus étonné, voire déçu. J'avais quand même progressé dans la compréhension du mode d'emploi de la machine, par tâtonnements – mot exact –, j'avais découvert le plaisir, mais seul : un plaisir sale, en tout cas salissant, un plaisir honteux dont il ne fallait parler à personne, dont absolument personne n'était au courant – solipsisme étroit que je rêvais d'agrandir pour éventuellement le partager.

Cela eut lieu, j'eus l'expérience du coït en ayant conscience d'en faire l'expérience, et il n'y avait pas de différence de nature avec ce que je connaissais : c'était une caresse supplémentaire, accomplie et reçue après toutes sortes de caresses.

Ah, me dis-je au moment même, c'est donc ça ?

Je pensais passer par la fenêtre, basculer dans un autre monde, et puis non, je n'avais pas quitté l'ordre familier des caresses.

Il n'y a rien au monde dont la réalité soit plus différente de l'idée qu'on s'en fait que l'acte sexuel. On croit à l'acte absolu, mais c'est simplement un acte, ce qui ne retire rien à sa valeur et à son intensité. J'appris à déplier le « , et » qui dans le manuel éducatif se trouvait entre la désignation de l'acte et la mention du plaisir, et c'était un origami cosmique, global et inépuisable, sauf par la fatigue de l'avoir trop parcouru – mais rien qu'un peu de repos ne puisse reconstituer. Il fallait simplement le vivre. On pouvait.

LA NAÏVETÉ DU STRING

Avant que d'être sexué je lus les aventures de Laureline, j'y appris des choses dont je n'avais pas conscience de les avoir apprises, et maintenant que j'écris, bien après, maintenant que je regarde en arrière et que j'interroge cette boutade qui sortit telle quelle, sans préparation ni arrière-plan – « Laureline a beaucoup contribué à l'idée de de la femme idéale que je pouvais me faire » – je me demande pourquoi. Parce qu'elle était rousse ? Parce qu'elle portait un scaphandre métallisé ? Parce que la crosse d'un désintégrateur dépassait de l'étui à sa ceinture ? Parce qu'elle portait de jolies bottes à peine discernables du scaphandre, à peine visibles mais flottant dans la conscience vague avec les choses reconnues sans être sues ? Entre autres.

A-t-on un jour fait l'inventaire de toutes les bottes que porta Laureline dans sa vie de papier ? Ce furent d'abord celles des magazines de mode des années 1960, hautes et plates, puis des bottes de cosmonaute à bout rond et semelles crantées. Dans le troisième tome, au moment des premiers baisers, elle commence à porter des bottes féminines, à bout pointu, talons obliques, à peine visibles si on ne les cherche pas, si ce n'est à la cambrure qu'elles donnent à sa silhouette lors de certaines poses. Elle a des bottes sexuées quand elle est expressément en couple avec son beau gosse de partenaire à la mâchoire volontaire – chacun son caractère sexuel secondaire.

Ce n'est sans doute pas si important, puisque Jean-Claude Mézières les dessinait fondues dans la combinaison bleutée ; c'était pour lui une façon de terminer les jambes. Mais il les a dessinées, et elle finit par en posséder un placard entier, lui offrant toutes les formes possibles de la féminité, à porter comme elle voulait – selon les situations, elle arbore des signes et s'en amuse.

Il ne faut pas négliger les objets qui entourent le corps aimé, parce que l'amour, ça peut tenir à un slip. Ou plus précisément à un string. Ce fut ma stupeur de l'observer en lisant un roman de Houellebecq. « C'est une très belle histoire d'amour », disait-on dans le cercle des amateurs « du plus grand romancier français », dont je ne suis pas mais je leur parle quand même. Alors je lus *Anéantir* – fallait pas mourir idiot. Et en effet le narrateur couchait avec un certain plaisir avec la même femme pendant plus de sept cents pages, femme qui avait des fesses sublimes, et qui surtout portait un string. Quand ils passèrent quelques jours ensemble à la campagne elle emporta plusieurs strings dans son bagage.

Au lit elle les enfile, et là il bande, il la désire, ils baisent, ce qui en langage houellebecquien correspond au plus près à l'expression habituelle « ils font l'amour ». Plusieurs fois, plusieurs strings.

C'est étonnant, non ? Ce qui est décrit dans ce roman très vendu, et peut-être lu, est une sexualité de rat, un enchaînement selon l'arc réflexe stimulus/réponse, qui marche à chaque fois vu la petite cervelle de ces petites bêtes, adaptées à toutes les situations mais pas très futées. Ou alors une sexualité de puceau.

Ce n'est pas là un jugement de ma part, mais une perplexité. Non pas devant l'acte – c'est un roman donc il n'y a pas d'actes, seulement des phrases, un château de verbes – mais perplexité devant l'esprit qui en vient à écrire ça ; et perplexité devant le déclenchement d'une certaine admiration chez son cercle de lecteurs. L'amour ? Un string sur de belles fesses.

Le string est magique, au moins dans ce roman. Cette minime pièce de lingerie a des propriétés stupéfiantes, au sens neurotoxique du terme. Aussitôt que la femme l'enfile il provoque immédiatement le désir chez l'homme, un désir concret qui débouche immédiatement sur l'action, une séquence cadrée comme un scénario de porno : image, action ; stimulus, réponse.

Sommes-nous si simples ?

C'est l'adverbe « immédiatement » deux fois répété qui fait tache dans le paragraphe précédent, étrange caillou dans la chaussure qui fait boiter à la lecture : parce que si l'on y pense, rien n'est immédiat dans le désir humain, il n'est que des médiations.

Ce n'est pas que la lingerie fine ne soit pas érotique – elle l'est, mais à condition de participer d'une histoire. La lingerie quand elle est portée se sait, même cachée, elle se devine et se dévoile, elle s'entrevoit, elle s'effleure, elle se caresse, elle s'embrasse, elle s'ôte, ou pas, *et cetera, ad libitum.*

Le désir est plutôt là, dans l'histoire longue parce que riche, la durée chronométrique ne faisant rien à l'affaire. Voir et bander du même geste, c'est une sexualité d'adolescent qui découvre fiévreusement les images, c'est une sexualité d'ignorant qui s'est longuement préparé à l'apparition et qui défaille aussitôt qu'elle advient, sans rien appendre car il n'y a pas d'histoire – car dans ce réel brut la fiction est absente.

C'est un peu la marque de Houellebecq : il cite, il évoque, il pointe, jamais il ne traite. Il décrit minutieusement des objets et des actes mais il ne considère pas la matière, il ne vit pas avec la chair – de toute façon toujours elle le trahit. Il la déteste. Son hyperréalisme fascinant est exactement une littérature de supermarché – il ne s'en offusquera pas, la description minutieuse du rayon frais du Monoprix de la place d'Italie occupant chez lui plusieurs pages –, et une littérature de grande distribution est faite de mots clés, d'emballages étanches avec des images simples, rien de nourrissant. Fascinant comme fascinent visuellement les supermarchés.

Sommes-nous si simples ?

Laureline, aide-moi.

« J'aime bien les missions où on change de costume », dit-elle en riant dans une aventure où, encore une fois, les deux agents se déguisent parce que leur scaphandre adapté aux sorties extravéhiculaires, aussi seyant soit-il, ne passe pas inaperçu une fois qu'ils sont à pied d'œuvre sur le plancher des vaches de l'une des innombrables planètes qu'ils parcourent. Les déguisements de Laureline sont toujours d'une ultra-féminité, allant du presque rien à l'attirail connoté, et toujours elle en change, les enfile en riant, les enlève avec joie – ils ne collent pas, elle joue, Laureline polymorphe, toujours changeante, toujours se ressemblant.

Bien loin de la naïveté du string qui croit être la clé de contact du plaisir – petite chose, pauvre chose –, le déguisement érotique est fait pour se mettre et se deviner, s'enlever ou pas, toujours en changer. L'érotisme n'est pas dans l'objet mais dans le récit, rythmé par la pulsation du voilé-dévoilé comme un battement de cœur.

Le string seul est une tunique de Nessos qui intoxique et dévore l'homme qui y croit.

Le mythe le raconte bien mieux que le roman, à sa façon puissante et confuse. Nessos le centaure, sans doute aveuglé par sa moitié d'étalon, tenta d'abuser de la femme d'Hercule. Mal lui en prit, celui-ci l'abattit aussitôt d'une flèche empoisonnée, qu'il avait trempée dans le sang de la monstrueuse hydre de Lerne. Mourant, le centaure offrit à la femme sa tunique imprégnée du sang toxique en prétendant que ce serait un philtre d'amour, un vêtement magique qui interdirait à son mari de lui être infidèle. Elle le crut.

Soupçonneuse, elle en fit cadeau à Hercule qui partait en voyage, et dès qu'il l'enfila il fut dévoré par le poison. Ne pouvant l'arracher, il mourut. Le vêtement magique, il ne faut surtout pas qu'il colle, il faut pouvoir aisément en changer.

Laureline aime bien les missions où l'on change de costume ; elle rayonne le temps de le porter, jamais figée, et à la prochaine elle en mettra un autre.

NATURELLEMENT INSAISISSABLE

Subséquemment – et il faut bien un mot de cette ampleur, long et lent à prononcer, pour dire toute la complexité pensive du problème –, subséquemment, donc, Laureline n'est pas facile à dessiner. D'une case à l'autre elle ne se ressemble pas, d'un album à l'autre non plus, et puis si, finalement, c'est toujours la même – mais pas exactement. On a l'impression que le dessinateur accorde plus ou moins d'attention à son visage, ou toujours de l'attention mais pas toujours la même, comme *une femme qui n'est, chaque fois, ni tout à fait la même ni tout à fait une autre*, figure insaisissable de la puissance amoureuse toujours au bord de s'incarner.

« Je suis un dessinateur-éclipse, avoue Jean-Claude Mézières dans un entretien, j'ai mes bons et mes mauvais jours.

– Tu aimes beaucoup Laureline... commente celui qui l'interroge.

– J'essaie de bien l'aimer tout temps, mais ça ne se voit pas toujours. Et puis un jour, je lève le nez de ma planche et me dis : tiens, là je ne l'ai pas trop mal réussie. »

C'est une foule qui se bouscule sur le visage de Laureline, elle est plusieurs. Mais cela n'a aucune importance, elle est toujours là, toujours c'est elle.

La bande dessinée ne manque pas de dessinateurs habiles à dessiner de jolies femmes : Walthéry, Gibrat ou Marini, ceux-là en font une marque de fabrique, voire un produit d'appel. Ils réussissent à rendre leurs héroïnes ressemblantes de case en case, on sait toujours qui c'est, tandis que Laureline, ce n'est qu'approximativement. On fait erreur sur la nature de la beauté en la croyant fixe, on la pense idéalement grecque et immuable, un rêve de marbre, ou alors de bronze comme *La Vénus d'Ille*, mais l'histoire de celle-ci le montre bien :

une beauté de bronze ne fait que broyer celui qu'elle embrasse.

On reconnaît Laureline à ses grands yeux clairs, bleus parfois, mais verts aussi, ou noisette. On la reconnaît à sa combinaison de métal tissé qui moule son corps de sylphide – je ne sais pas exactement ce que ça veut dire, mais ma grand-mère employait ce mot rare avec toujours une note d'admiration, ce doit être bien, très féminin –, et surtout à sa chevelure rousse toujours en mouvement. Le reste varie selon l'angle, le geste, et l'expressivité toujours intense. Mézières approxime Laureline dans son mouvement car elle est élan, là où les autres sont seulement images.

La difficulté à représenter est un critère de présence réelle puisque la seule chose facile à dessiner, ce sont les idées a priori. Ça, on le sait, c'est toujours pareil. Le visage vivant est par contre une réalité mouvante. Je le sens d'autant plus que lorsque j'essaie de dessiner j'échoue toujours à saisir la ressemblance, qui est pourtant ce qui permet d'identifier la personne que l'on regarde, une constance qui est la qualité première d'un visage humain, qui se doit d'être individuel et unique, toujours reconnaissable ; la vie sociale serait un chaos si nous ne savions jamais à qui nous avions à faire. J'échoue toujours à réaliser cette part du portrait pourtant essentielle, je rate la ressemblance parce que, aussi, je reconnais mal les gens. Il me faut les avoir vus souvent, de près et en différentes situations pour m'en souvenir vraiment, ça m'occasionne une multitude de petits déboires relationnels où, ne reconnaissant pas qui me reconnaît, je tente l'alibi neurologique, que l'on feint d'accepter par politesse mais l'on n'en pense pas moins. C'est qu'il existe réellement des zones cérébrales spécialisées dans le traitement de la forme des visages, qui s'activent toute la journée pour réaliser notre nature d'êtres sociaux. Les miennes ont dû être mal construites, mal connectées – ce n'est peut-être pas de leur faute, c'est la nature même du visage humain qui rend sa reconnaissance difficile, nécessitant le travail permanent de parties de la cervelle à cette tâche spécialement – elles font ce qu'elles peuvent, et moi avec. L'expérience du dessin le prouve : un seul trait millimétrique légèrement déplacé rapproche de la ressemblance ou s'en éloigne, sans que cela soit rationnellement mesurable.

Le visage est fondamentalement de nature liquide. Comme une rivière, on tâche – c'est un travail permanent – de le canaliser en empierrant les rives, en montant des digues, en enracinant solidement les ponts. On tâche de le faire ressembler. Mais à quoi ? À qui, au fond ?

Alors on le peint pour le stabiliser, surtout le visage féminin que l'on maquille pour qu'il ressemble à un visage féminin, et j'eus bien sûr cette fascination du toujours pareil, que ce soit en dessin ou dans la vie réelle parmi mes semblables. C'est Laureline qui m'apprit par son existence même la beauté supérieure et inépuisable du vivant, la beauté suprême de l'élan. Je la connus sans le savoir sur le papier, ensuite je la reconnus et l'accueillis avec bonheur parmi les êtres de chair.

Celle qui depuis des années occupe auprès de moi la place que Laureline lui a préparée voilà quarante ans, j'échoue encore à saisir son visage. Et pourtant j'essaie, photos, dessins, regards, son visage m'échappe toujours mais est toujours là ; son visage est inépuisable. Il est une rivière heureuse où la vie s'écoule selon son flux, sans contrainte. C'est une caractéristique du visage humain que d'être vivant, flottant, émouvant ; le sien l'est éminemment.

BEAUTÉ DU DÉBORD

Un jour que pour une revue j'interrogeais Manu Larcenet sur son travail, il m'avoua sa lassitude du gaufrier. Comme bédéaste il avait commencé classique, dessinant des pochades hilarantes pleines de digressions et de verve, mais toujours sur des pages découpées de cases régulières régulièrement disposées – comme le quadrillage d'une gaufre, tout le monde connaît. Et l'on sait que la gaufre doit sa régularité non pas à sa nature de douce pâte sucrée, mais à la pesante injonction du fcr brûlant qui la moule : pas de fantaisie là-dedans.

Il dessinait son irrésistible théâtre comique en griffonnant case après case, peu à peu il les remplissait, et finalement la liberté de son dessin s'en ressentait parce que, dit-il, « on finit toujours par se heurter au cadre ». La phrase dite telle quelle me fit éclater de rire. J'imaginais bien que cet homme en constante ébullition, de tendance anarcho-punk-déménageur – j'accumule les qualificatifs même si aucun ne convient –, devait se sentir à l'étroit dans cette grille, toujours la même, et qu'il devait voir comme une contrainte pénible de toujours se heurter au cadre imposé.

Et je réalise qu'au fil des albums qui sont sa biographie Laureline fait toujours éclater le cadre, elle en sort d'une impulsion, elle est toujours rétive au polygone rectiligne où les usages de la bande dessinée l'enferment ; elle explose de joie, de chagrin, de révolte, de rire, et elle déborde le gaufrier.

Valérian, son collègue de bureau spatial et compagnon de route temporelle, est bien plus conforme à la gaufre : il obéit aux consignes et suit l'ordre de mission, il se présente aux circonstances avec un peu de raideur, il démarre lentement, se meut puissamment, mais une fois lancé il a du mal à infléchir sa trajectoire. Un homme, quoi, tel qu'on s'en moque ; et quarante-cinq ans après j'y vois mon portrait, c'est bien à lui que je m'identifiais spontanément sans même le savoir tant c'était naturel. Les émotions qui sont mouvement, tout comme lui je n'en laissais rien paraître, et je doutais même de les éprouver. Tel un agent compétent du Service spatio-temporel je tenais l'impassibilité pour un gage d'efficacité et de préservation de soi.

Il me fallait une femme pour me faire dévier de mon erre que sinon je suivais jusqu'à l'absurde, et c'est bien ce qui arriva, heureusement.

Pour Valérian aussi, ce qu'il y a de mieux c'est sa femme. Appelons-la comme ça sans idée de propriété, c'est seulement pour désigner celle qui l'accompagne ; la dire « compagne » ne mentionne pas de façon explicite sa nature féminine, si importante dans la fascination impubère que j'avais pour elle en lisant leurs aventures.

Agitée d'impulsions violentes, Laureline déborde. Puisqu'elle est une femme depuis longtemps on appelle ça « hystérie », mais, plutôt qu'un diagnostic, ce mot à l'étymologie pas sérieuse tant elle est tendancieuse est un rappel à l'ordre, l'ordre sec du garde-à-vous, l'ordre du gaufrier brûlant, l'ordre de l'immobilité émotionnelle érigée en valeur, un ordre qui craint comme la peste le débordement, car quand ça déborde on ne sait pas où ça va.

Laureline si, elle sait. Chacun de ses débordements, colère ou joie, infléchit et recadre, fait retrouver le chemin du récit un instant perdu ou obstrué.

L'émotion n'est pas rationnelle, non, car elle est l'expression du cerveau humide, pas celui qui fonctionne par de fins câblages de fils subtilement agencés mais par des dosages complexes de liquides actifs qui emportent des zones entières du viscère pensant vers la solution optimale. C'est darwinien : l'évolution nous a dotés d'une machine réfléchissante à double détente, qui est bien plus efficace comme ça. Qu'un genre, un métier, une civilisation favorisent plus un mécanisme que l'autre est une construction historique, culturelle, puisque tout le monde est fondamentalement doté des deux.

Quand une procédure hautement rationnelle débouche sur un résultat visiblement absurde, et ça arrive souvent, on appelle ça un « bug ». Il convient de ne pas s'y obstiner. Heureusement le cerveau humide permet de déborder l'erreur et de revenir sur Terre. La raison, bonne fille, fait ce qu'elle peut mais pas plus, elle ne peut pas tout. Kurt Gödel l'a démontré dans son article *Sur les propositions formellement indécidables des* Principia Mathematica *et des systèmes apparentés,* d'une façon que je serai bien incapable de raconter – c'est en allemand. Plus fort que les principes, qui si on les suit avec trop de scrupules mènent à des impasses, c'est le cerveau humide qui fait office d'opérateur humain, qui vérifie que l'embrouillamini de fils – généralement si efficace mais parfois emmêlé – ne dit pas trop de bêtises, et il y remédie en proposant des solutions radicales de débordement qui ne passent plus par une vérification fastidieuse de tous les branchements. On appelle ça une « vision intuitive », c'est un talent humain ; on le prête aux femmes mais c'est parce que longtemps elles n'eurent rien d'autre, le cerveau sec et câblé n'était pas pour elle, si elles en faisaient usage on leur en faisait le reproche.

Laureline déborde, car il faut bien que quelqu'un déborde pour trouver le chemin. Je l'aimais pour ça, entre autres choses puisque j'étais à l'époque bien incapable de sortir du strict gaufrier imposé par le fer brûlant du moule. Laureline ouvrait la case, donnait de l'air. Maintenant je le sais.

NE POINT TROP ADHÉRER

Laureline rit, souvent, ce qui est rare chez les héroïnes et d'ailleurs difficile à dessiner. Ceci expliquant peut-être cela : une femme doit se tenir pour être belle, au sens marmoréen de la notion, celui des statues. On le voit dans les images qui nous viennent du Japon et de Corée, ces sociétés corsetées et affreusement misogynes : les femmes rient encore en dissimulant d'une main leur bouche ouverte, l'air de s'excuser.

L'injonction fut ici la même : le rire est d'essence diabolique, le rire enlaidit car la beauté est la perfection éternelle des formes – or la femme doit être perfection, critère pour être belle, condition pour être vue. Seule la harengère rit, en braillant sur le marché de sa voix de rogomme.

Laureline rit, souvent ; son humour qui déborde est un contrepoint au sérieux des missions qui lui sont confiées, au sérieux de son travail, au sérieux de son collègue et compagnon, qui croit dur comme fer au service, au travail et à la mission. Elle garde un peu de distance, ce qui est sage car il convient de ne pas trop coïncider avec le monde : il est tellement plus puissant, tellement indifférent à nous, que nous en serions broyés.

Pour ce qui est de l'amour, c'est la même chose, si on le considère avec trop de sérieux il y a peu de chances qu'il conduise à un bonheur durable : trop de fragilité, d'obstacles, de pulsions contradictoires. Erri de Luca l'écrivit dans un livre que je lus en mon âge mûr – heureusement car si je l'avais lu plus tôt je n'en aurais pas cru un mot : les jeunes gens vivent l'amour avec un sérieux un peu raide qui risque de casser comme du verre au moindre choc, mais les gens d'âge mûr le vivent avec le sourire, ils peuvent rire sans que tout se dégonfle, signe de vraie puissance. La force juvénile, toute physique et fragile, est heureusement relayée par la force psychique que procure l'humour, toute d'imagination et d'élégance.

Laureline rit, souvent, ce qui ne facilite pas la tâche du dessinateur mais il s'obstine : c'est important. Il lui donne l'érotisme du mouvement et de la fluidité.

LES VITESSES DE L'AMOUR

Dans son *Traité de l'amour,* l'enthousiaste et méthodique Ibn 'Arabî affirme que l'amour est savouré, mais son essence incomprise.

N'est-ce pas étonnant ? conclut-il.

En effet.

Et puis doctement, s'interrompant quand il n'en peut plus de penser en déclamant des vers qu'il improvise poussé par l'ébullition de son âme, il entreprend de classer. Le domaine de l'amour, sait-il de source sûre, reçoit quatre appellations.

Il y a l'amour original, limpide.

Il y a l'attachement fidèle.

Il y a la spiration d'amour, l'amour éperdu, amour extrême, comble de l'amour.

Il y a l'inclination soudaine, passion subite, provoquée par le regard, le propos ou le bienfait.

« Je ressentis moi-même l'extrême subtilité que l'on peut trouver en amour », assure-t-il, et il déclame aussitôt de longs vers improvisés, preuve de ce qu'il ressent, preuve qu'il est lui-même animé du mouvement perpétuel de l'amour.

L'amour est mouvement, et Ibn 'Arabî lui attribue quatre vitesses.

Il y a l'amour immobile partout répandu qui file à la vitesse paradoxale de ce qui est déjà là, partout, et n'a donc pas besoin de se déplacer puisque déjà arrivé. La vitesse en est à la fois infinie et imperceptible.

Il y a l'amour posé qui lentement broute autour de son piquet un herbage qui à chaque tour repousse plus touffu.

Il y a l'amour rapide et tournoyant dont on voit les orbes de flammes, un spectacle.

Il y a l'amour brusque, basculement instantané.

L'amour est mouvement selon quatre allures qui vont de l'imprégnation au foudroiement, mais celui-ci peut être le big bang qui crée celui-là. Les quatre allures sont liées dans un mouvement de gravitation universelle dont la trajectoire est circulaire ; on en gravit les degrés jusqu'au sommet qui renvoie au premier, et ainsi de suite tant que la vie se poursuit, une roue enflammée.

A contrario, et par conséquent, la contemplation de l'image n'est pas mouvement. Elle est pétrification ; elle est morbide. Voilà pourquoi je suis resté si perplexe devant *Belle du Seigneur*, que l'on promeut comme le grand roman de l'amour – ce qu'il n'est certainement pas, à moins que l'on prête à Albert Cohen un projet ironique. Ce qui est douteux, au vu de l'air sérieux du monsieur.

La belle Ariane, toute transie au sens de femme gelée, tente tant qu'elle peut de ne pas bouger, de ne faire aucun bruit, de faire oublier son corps qui n'est là que comme porte-manteau de robes sublimes – surtout pas comme masse de chairs animées. Elle tâche de ne pas être là, et ainsi sera-t-elle aimable. Au moins ne sera-t-elle pas rejetée par la perfection faite homme, Solal, le super-héros impassible.

Quelle étrangeté d'ainsi penser être aimée, en n'étant pas là.

Laureline ne connaît pas la morosité, cette pure attente sans dénouement, attente de ce qui ne viendra pas. Elle bouge, elle s'élance, elle embrasse avec grâce.

« J'ai eu du mal à dessiner cette case », raconte Jean-Claude Mézières. Lui qui a dessiné la capitale de l'Empire des mille planètes, des monstres de toutes les formes, des installations industrielles et des vaisseaux spatiaux, il avoue caler sur un baiser. Il parle précisément d'une case où Laureline embrasse fougueusement Valérian ; la case ne contient que ça, leur baiser de profil et un figuré d'éblouissement autour d'eux.

Pourquoi un simple baiser est-il difficile à représenter pour un dessinateur de science-fiction, rompu aux imaginations les plus folles ?

« Le dessinateur peut utiliser un miroir pour reproduire des attitudes et des expressions, continue-t-il, mais dessiner tout en s'embrassant, ce n'est pas très pratique.

– Tu peux demander de l'aide à ton épouse... suggère avec une touche d'amusement celui à qui il se confie.

– Ce n'est pas si simple, il faudrait qu'on soit trois et qu'elle embrasse quelqu'un d'autre pendant que je dessine... Une scène de baiser, je trouve ça horrible à dessiner. »

Il est étrange, ce dialogue, où il s'imagine devoir demander à sa femme, devoir demander à un tiers, devoir assister à l'adultère simulé pour en noter tous les détails sur le papier, et finalement évacuer la solution proposée en la trouvant trop compliquée, alors qu'il suffisait de deux copains et d'un appareil photo pour résoudre le faux problème d'une pression de l'index.

Cet embrouillamini montre que le problème n'est pas technique : pour Jean-Claude Mézières, Laureline n'est pas que de papier, c'est soit lui soit sa femme, c'est quelqu'un de chair, existant, avec qui il a un lien charnel, ce n'est surtout pas une image ; la transformer en image est donc un problème difficile, voire horrible à vivre.

« Je suis un mauvais portraitiste, avouait Jean-Claude Mézières. Laureline n'est pas une petite amie de l'époque, elle est toutes les femmes que j'aime. »

Elle est celle qu'il aime, elle est lui ; elle est moi aussi, elle est celle que j'aime.

ART DU VRAI BAISER

J'ai immensément aimé m'approcher des femmes, de tout près, mais pas comme de princesses endormies. Car il me plonge dans des abîmes de perplexité, le *baiser d'amour sincère* que donne le prince charmant à la belle endormie ; et là elle se réveille, le voit penché sur elle, tout près d'elle, et l'amour est aussitôt partagé, durable, fécond, manifesté par une ribambelle d'enfants.

C'est beau comme un conte de fées - c'en est un d'ailleurs –, mais essayer d'embrasser Laureline dans son sommeil serait très certainement s'exposer à prendre une baffe.

Le baiser du prince à la belle est aussi énigmatique que le « , et » qui relie la réalisation de la posture au plaisir éjaculatoire dans mon élusif manuel d'éducation sexuelle : là un saut quantique, ici un miracle disneyen, une pudique discrétion, un mythe d'apparition de l'amour – mais d'un amour dont on se demande ce que c'est. Parce qu'en plus du principe – suffisamment répété pour que je n'y revienne pas – du consentement de la belle ensommeillée, il y a l'amour qui embrase le prince comme un phénomène de combustion spontanée. C'est la beauté, dit-on : Blanche-Neige conservée dans son cercueil de verre comme dans une vitrine de bijoutier est si belle que le prince est tout envahi d'amour, un amour sincère et pour la vie.

La beauté seule, immobile, sous verre, déclencherait donc ça ?

Soit on est dans l'arc réflexe d'une sexualité de rat qui ne tient qu'à un slip, soit l'amour est chose fée à laquelle je ne comprends rien.

J'ai pourtant connu l'éblouissement – pas qu'une fois –, ce que l'on figure par la foudre. C'est comme un mythe d'origine de la lumière : elle apparaît d'un coup et le soleil se retire, toute la lumière vient d'elle seule, tout l'air est consumé comme lors de l'explosion d'une bombe, le souffle est court, la respiration n'est plus assurée – elle est là. C'est elle.

Oui, cela est arrivé. Mais après l'éclair et la déflagration il faut s'approcher, parler sans doute, rester. La lumière réintègre le seul soleil, l'air revient. Pour que dure l'effet du premier regard il faudrait qu'elle soit endormie dans un cercueil de verre – pour cent ans, ce serait bien. Cela ne dure que si une condition impossible est réalisée, donc cela ne dure pas, et c'est tant mieux car la belle endormie ne serait que morte, comateuse ou chimiquement soumise – l'embrasser ne serait pas de l'amour, l'amour est propriété des seuls vivants.

Jamais quand je lisais naïvement les aventures de Laureline je n'imaginais m'approcher d'elle endormie. Je la souhaitais vive et mouvante, riante, comme elle était, bondissant de case en case.

ÉROTISME DE L'INDÉPENDANCE

Il est des nuits où le rêve que l'on vit est très bien scénarisé, clair et structuré comme un de ces romans tourneurs de pages qu'on lit en haletant presque – je dis « presque » car on ne halète pas en lisant, la lecture est *cosa mentale* qui ne descend pas dans les poumons, mais c'est l'idée –, et de ce rêve beau comme un tutoriel d'écriture de scénario on se réveille toujours avant la fin, emmêlé dans la couette toute tirebouchonnée de s'être tant agité. On sait qu'on n'est plus dans le rêve et on le regrette aussitôt ; la chambre où l'on est couché est très décevante, il ne s'y passe rien alors que de cette nuit si bien racontée on se souvient encore de tout, même si l'on sent déjà ses rebondissements s'évaporer, de plus en plus difficiles à décrire, et puis peu à peu impossible de s'en souvenir, sauf de l'émotion résiduelle. Alors on se tourne, on se réenroule dans la couette, on ferme les yeux avant de tout perdre et l'on tâche de se rendormir pour reprendre le rêve là où on l'avait laissé ; on tâche de le continuer, on veut absolument y retourner, on essaie de rabouter le fil du scénario brutalement coupé, et l'on n'y arrive pas. On somnole, on rêvasse, ça ne fonctionne jamais, l'exaltation qui nous habitait et nous poussait de l'avant pendant l'implacable déroulement onirique n'est plus qu'une gentille imitation de la puissance qui nous emportait alors. On comprend qu'elle ne reviendra pas.

Essayer de poursuivre un rêve interrompu ne marche jamais, on a beau déployer des trésors d'imagination, on n'y est plus. Ce n'est pas tant que le rêve soit plus puissant que l'imagination éveillée, c'est simplement qu'il est autre. Dans le rêve c'est un autre qui nous raconte l'histoire, dont nous ne connaissons pas les intentions. Jamais vraiment.

Se laisser aller au rêve c'est se livrer aux mains de l'autre, qui est un peu soi mais à une telle profondeur, à un tel feuilletage successif de profondeurs, qu'on ne le connaît pas bien ; et c'est très bien comme ça. Jamais l'imagination consciente n'est à la hauteur de ces profondeurs – triviales ou sublimes, peu importe. Une fois que l'on est réveillé c'est foutu, toutes les suites que l'on pourrait apporter au rêve interrompu ne seront que commentaires académiques d'un texte fascinant et mystérieux qui vit par lui-même, produit de lui-même un imaginaire dont on ne maîtrise pas le surgissement, ni le contenu.

Quand on sort d'un rêve on n'y retourne plus jamais, comme si la porte qui s'était ouverte pour en sortir avait fondu dans le mur une fois qu'on l'avait franchie. Le rêve puissant c'est un bref contact avec ailleurs ; il faut le sommeil pour l'atteindre, éveillé on n'en retrouve pas la porte.

Il fut un temps où les géants de la tech, enivrés de la loi de Moore qui prévoyait une augmentation exponentielle de la puissance de calcul machinique, proposèrent une utilisation de ses capacités dont on n'avait pas tant besoin mais dont il fallait bien faire quelque chose puisqu'elles étaient là. On pourrait... Non, ils ne s'exprimaient pas au conditionnel : les géants de la tech parlent toujours au futur simple ou au présent car ils ont des visions et décrivent simplement le futur. Donc quand on regardera un film chacun aura le choix entre plusieurs fins alternatives, on choisira celle qui convient le mieux.

Comme j'avais l'expérience du rêve je savais que le projet était absurde, techniquement réalisable sans doute, mais en détruisant le principe même du cinéma. Quand on plonge dans une histoire, ce que l'on souhaite c'est plonger, c'est être emporté par le courant, pas décider. Ce que l'on souhaite, c'est l'ailleurs, pas de rester dans les limites trop étroites de soi, tellement connues, tellement arpentées, tellement étouffantes. On a besoin que la fin d'une histoire soit décidée en dehors de nous, que l'on s'y heurte, et si elle ne convient pas on reprendra l'histoire encore et encore, espérant toujours, et cela fera partie de la jouissance de l'histoire de ne pas correspondre point par point à notre désir, d'y résister, d'être autrement – on ne s'en lassera jamais.

De ce projet idiot présenté comme une chouette idée de futur désirable on ne parle plus – c'est heureux –, mais la tentation en revient régulièrement sous d'autres formes, tentation poussée toujours par l'augmentation irrépressible de la puissance de calcul de nos petites machines, et tirée par l'éternelle tentation de maîtrise, qui fait penser que tout irait mieux si tout obéissait à nos envies.

Laureline me fit penser autrement. Je ne sais quel temps employer – me fait, me fit, me faisait –, aucun ne va, car rien n'est net ni stable : je n'en avais pas conscience, je n'en pris pas conscience à un moment précis, je n'ai pas conscience à chaque instant que c'est elle, mais puisque je le raconte, puisque je parle d'elle, je lui attribue cette impression générale, un peu vague, et à cette forme particulière de désir je donne ses traits et son nom de femme de papier.

QUELQU'UN D'AUTRE, ENFIN

Si en général se connaître soi-même est avantageux – la philosophie est là-dessus formelle depuis ses débuts –, cela ne l'est guère d'un point de vue orgasmique ; mieux vaut être connu de quelqu'un d'autre.

Le culte de l'autonomie en frémit d'horreur, mais ce n'est pas là une affirmation morale, plutôt un fait d'expérience. Se caresser est une banalité agréable, être caressé est un événement prodigieux, possiblement raté mais possiblement extraordinaire dans le sens de « loin de l'ordinaire », enfin ailleurs – enfin. Le fait d'expérience est là : lorsque cela arrivait, jouir de mes propres mains me laissait dans un épuisement légèrement dépressif, alors que me confier aux mains d'une autre m'enthousiasmait toujours ; le corps était fatigué mais l'énergie vitale restait en moi, davantage partagée que prélevée, et ensuite « fatigués mais heureux nous nous endormions ravis de cette belle journée » – ainsi que se terminaient les rédactions de septembre avec comme sujet « Racontez une belle journée de vos vacances ».

C'est assez mystérieux, cette différence d'affects liés à des percepts somme toute très semblables. Un mystère qui se rejoue de façon à peine moins opaque lors d'une expérience sensori-motrice amusante.

Portez un poids quelconque sur un plateau tenu du bout des doigts à la façon d'un garçon de café qui sert un demi. Si quelqu'un vous ôte le poids, vous auriez beau vous y préparer, le plateau allégé fera un bond vers le haut ; l'effort que faisait la main qui le soutenait se trouve soudain privé d'obstacle et soudain elle bascule. Mais si l'on ôte soi-même le poids de l'autre main, même allègement soudain, rien. Comme si la sensation du poids et les forces nécessaires à le porter étaient anticipées par un calcul musculaire inconscient, très exact, qui évite la bascule. Alors que si quelqu'un d'autre agit, quelles que soient les suppositions, c'est toujours une surprise.

Jouir de ses propres mains procède sans doute du même calcul inconscient effectué par les muscles, la peau, le membre, et finalement rien n'a lieu car tout est calculé d'avance – juste une disparition de l'énergie vitale. Se connaître soi-même ne va pas plus loin que l'enveloppe de peau, alors qu'être connu de l'autre qui caresse est un événement incomparable, qui peut rater comme ratent les événements. C'est risqué alors on rêve de compter seulement sur soi-même, d'être seul et autonome, on rêve de tourner en rond dans une chambre close sans jamais être dérangé, jusqu'à usure progressive et disparition. Les mystères de chambre close sont toujours des récits de la mort de l'enfermé, c'est un genre littéraire.

Étrangement, l'orgasme va beaucoup mieux quand quelqu'un d'autre vient s'en mêler. C'est alors sans commune mesure avec ce qui a lieu par soi-même selon des modalités par soi fixées – la fixation étant l'écueil de toute vie, qui est mouvement.

Dans la vie, je préférerais être dérangé ; parce que moi-même, je connais, pas la peine de s'y éterniser.

UN RIRE SOUDAIN, ET L'OMBRE FUT DISSIPÉE

Nous étions allés dîner après une réunion professionnelle, plusieurs personnes que je connaissais à peine, l'une rencontrée le jour même, et un fâcheux qui s'était incrusté, affreusement bavard, indécollable. « Vous voulez dîner avec nous ? demanda-t-on poliment, espérant qu'il décline.

– Pourquoi pas... »

C'était un soir de semaine, un quartier peu animé ; tout était fermé, nous ne trouvâmes qu'une pizzeria plus ou moins en travaux, la vitrine obturée d'échafaudages, la salle baignant dans une pénombre vaguement italienne puisque des lampes basse consommation vissées dans des bouteilles de chianti vides décoraient chaque table, essayant d'éclairer mais on ne voyait pas grand-chose.

Le fâcheux, sans doute stimulé par un public indistinct qu'il pouvait imaginer plus vaste qu'il n'était, continuait à bavarder avec beaucoup d'enthousiasme. Il nous parla abondement de son beau-frère qui était homosexuel, il ne précisa pas par quelle alliance ils étaient devenus beau-frère – et qu'on n'aille pas croire qu'il avait quelque chose contre les homosexuels –, il fit un éloge vibrant de son beau-frère qui était doté d'un esprit pénétrant – il insista sur le mot – et faisait preuve d'une grande ouverture – il insista encore –, il y eut un blanc.

Et puis nous éclatâmes de rire, des rires contenus, gênés, nous n'osions pas trop, et puis retentit dans l'ombre le rire énorme de celle que j'avais rencontrée le jour même. Elle riait de bon cœur, sans méchanceté, sans ironie, elle riait de l'humour involontaire du beau-frère énamouré, elle riait de cette blague grossière apparue avec tant d'innocence, elle riait des ruses de l'inconscient qui s'occupait, pince-sans-rire et précis, du choix des mots pour qu'ils finissent par dire bien plus que prévu ; dans l'ombre vaguement napolitaine je voyais briller ses yeux, ses dents, je voyais dans la pénombre rayonner son bonheur de rire, et je me dis de façon un peu confuse que j'aimais la voir rire sans retenue, qu'elle avait dans le rire une franchise adorable qui débordait le cadre professionnel un peu convenu où nous étions. Son rire me surprit, et scella aussitôt quelque chose entre nous, et depuis des années que nous vivons ensemble elle rit avec la même bonne humeur, à tout, aux petits cahots du chemin qui font bringuebaler la vie, et plutôt que d'en soupirer, elle en rit. J'avais trouvé Laureline.

FOUILLER PROFOND, TROUVER

Je n'avais jamais vu cette scène, elle tient en deux cases : nos deux héros du Service Spatio-Temporel s'habillent pour une soirée au casino cosmique – c'est comme dans James Bond, smoking pour lui, robe époustouflante rouge et dorée pour elle.

« Comment tu me trouves ? dit-elle après avoir fini de s'apprêter.

– Aussi sublime que quand tu étais fauchée dans ton scaphandre spatial plein de trous », répond-il en l'embrassant dans le cou.

C'est gentil comme réplique amoureuse, mais c'est quand même le compliment le plus idiot de toute l'histoire du compliment idiot, car il n'y a pas de Cendrillon dans l'espace. Le scaphandre spatial est étanche par principe, sinon le corps explose par l'effet de la dépressurisation. Ça montre que les aventures de Laureline n'ont pas lieu dans de la science-fiction techniciste, mais dans un théâtre poétique où les agents spatio-temporels agissent comme un couple banal qui se met sur son trente-et-un avant de sortir, même si c'est au casino galactique.

Je ne l'avais pas lu, cet album, il date de 1998. Ceux des années 1970, je les avais tous lus ; ceux des années 1980, je les avais aperçus par habitude mais sans les lire ; ceux des années 1990, j'en ignorais même l'existence. Après 1980 je ne lisais plus les aventures de Laureline, puisque je fis alors mes premiers pas dans la vie amoureuse réelle, je tins dans mes bras une jeune femme de chair et l'embrassais, et je passai toute la nuit avec elle.

La femme de papier qui m'était jusque-là comme un plan inconscient de l'avenir amoureux – elle était quand même agente de l'espace et du temps, haute qualification pour ce rôle –, je la repliai et la rangeai comme une carte de randonnée sur les rayonnages psychiques où s'alignait dans la pénombre tout ce que j'avais lu depuis que je savais lire, une bibliothèque pleine de couloirs digressifs assez mal éclairés où je n'allais jamais.

C'était là, avec tout ce dont je n'avais jamais fait l'inventaire. Jusqu'au jour où, m'apprêtant à regarder sur mon canapé la version cinéma de *L'Empire des mille planètes* – devenu « Cité » pour une raison que j'ignore, réduction de crédits peut-être –, je m'entendis prononcer cette phrase surprenante : « Laureline a beaucoup contribué à l'idée de de la femme idéale que je pouvais me faire », phrase que je prononçais tout haut, avec un air amusé parce que tout à la fois j'étais sincère, et je ne savais pas d'où cela me venait. Celle qui désormais vivait avec moi eut l'air surprise, l'actrice engagée pour le rôle lui paraissant un fantasme affreusement banal de quinqua sur le retour, blonde cinégénique aux lèvres sensuelles, et j'eus du mal à lui expliquer que la femme bien plus véritable dont je parlais était de papier, que celle sur l'écran n'avait pas grand-chose à voir. Alors quoi ? J'aurais sans doute dû me taire car je ne savais rien de plus que ces quelques mots alignés, mais cette phrase était venue telle quelle. Elle fut prononcée, et revint plusieurs fois ensuite. Elle avait sûrement plus de sens que d'être une simple boutade.

Alors j'entrepris d'écrire pour mettre au jour ce sens enfoui, car écrire est une petite brosse d'archéologue. Je passais des jours et des jours accroupi sur les sédiments, dégageant peu à peu ce vestige dissimulé par des couches de sable du temps, jusqu'à la voir enfin tout entière : elle était là, intacte, la statue très ancienne de Laureline éducatrice, une statue de papier de centaines de pages dessinées, bien plus tendre, accueillante et diverse que la Vénus d'Ille, faite d'un bronze impeccable et mortel, à laquelle un homme ne survit pas de lui avoir passé la bague au doigt.

Ces mots que j'avais prononcés sans y penser, il me fallut tout un livre pour les expliciter.

C'est plus clair, maintenant.

REMERCIEMENTS

À ceux et celles qui ont œuvré pour que Laureline existe,

Pierre Christin, pour avoir écrit les histoires où elle apparaît,

Jean-Claude Mézières, surtout, pour l'avoir dessinée,

Évelyne Tranlé, pour l'avoir mise en couleur, et donc faite rousse,

Les éditions Dargaud, pour avoir publié les vingt et un tomes de ses aventures de 1967 à 2010,

Et la bibliothèque municipale de Lyon, pour avoir mis tant de bandes dessinées à la disposition de ses lecteurs.

TABLE

Agente de l’espace et du temps 9
Désir impubère 13
Comme un soupçon 19
Une indéchiffrable annonciation 21
Faire avec ce qu’il y a en boutique 27
Théorie de Gilda 31
Contes de la scopophilie ordinaire 37
L’heureuse légèreté de la plume 43
Le doux pinceau de monsieur Van Rijn,
appelé familièrement
de son prénom : Rembrandt 47
L’aventure, la vraie, ou presque 57
Cette fois, se pencher par la fenêtre 61
Obsession des détails 65

Désirer, jouir, franchir peut-être... 69
La naïveté du string 75
Naturellement insaisissable 81
Beauté du débord 87
Ne point trop adhérer 91
Les vitesses de l'amour 95
Art du vrai baiser 101
Érotisme de l'indépendance 105
Quelqu'un d'autre, enfin 111
Un rire soudain, et l'ombre fut dissipée 115
Fouiller profond, trouver 119

DANS LA MÊME COLLECTION

Sibylle Grimbert, *Au pays des Pnines,* septembre 2025

Achevé d'imprimer en juin 2025
sur les presses de la Nouvelle Imprimerie Laballery
58500 Clamecy
Dépôt légal : juin 2025
Numéro d'impression : 505777

Imprimé en France

La Nouvelle Imprimerie Laballery est titulaire de la marque Imprim'Vert®